Ernst Woll

Nachdenkliches und humorvolles Altern

Gedichte und Kurzgeschichten

2014
Herstellung und Verlag: Books on Demand GmbH, Norder-
stedt ISBN 9783735756343

Inhalt

Gedichte

Kurzgeschichten

Gedichte
Alarm: Druck im Darm

London, großer U-Bahnhof:
Oh, wie ist das doof,
plötzlich quält menschliches Rühren,
„wo sind bloß Toilettentüren?"

Weit und breit ist nichts zu sehen:
Braucht hier niemand zum Örtchen gehen?
Gehört es zum englischen Charme,
niemand hat je Druck im Darm?

Überall wird gesucht,
Backen gekniffen und geflucht.
Keine passende Stätte wird erspäht,
es geht in die Hose, es war zu spät.

Die Säuberung ist katastrophal,
im engen Klosett eine große Qual.
Man glaubt, es schnuppern alle Leute,
verdorben ist nun die Urlaubsfreude.

Es wird sich deshalb lohnen,
dass besonders ältere Personen
sich immer, wenn sie auf Reisen gehen
nach erreichbaren Toiletten umsehen!

Außenseiter im Fußballfieber

Man schnell die Sympathie verliert,
wenn man sich wenig für Fußball interessiert.
Ich gelte als ein solcher Exot
dem sehr schnell die Ausgrenzung droht,
wenn er in Tagen der Weltmeisterschaft
sich auch andere Abwechslung verschafft.

Im Fußballrausch wird oft eingebüßt ein klarer Blick;
das nutzen raffiniert die Werbung und die Politik.
Man wirbt geschickt, bietet unnütze Dinge an,
die später niemand mehr gebrauchen kann.
Parlamente arbeiten überall mit großer Hast,
bisher zurück gestellte Gesetze werden nun gefasst.

An die Fußballfans habe ich eine Bitte:
Akzeptiert die Minderheit in eurer Mitte,
die nicht in eure Begeisterung einstimmt
und Fußball als normalen Sport hinnimmt.
Ihr Fans, eure Mehrheit findet meine Akzeptanz,
ich verstehe eure Leidenschaft voll und ganz,
wenn ihr nicht zerstört mit bloßem Übermut
häufig Nichtbeteiligter Hab und Gut.

Fußball kann oft Alt und Jung beglücken,
zwischen Generationen baut Sport Brücken.

Der Glaube an die Osterbräuche

In der Ferne auf einem Rasen,
sieht man Kaninchen grasen.
Da sagt der kleine Heiner:
„Das versteht ja beinah keiner,
wie kann es den Tieren gelingen,
Eier aus dem Hintern zu zwingen!
Sie auch noch bunt zu bemalen
und niemand braucht bezahlen."

Von Freunden wird er belehrt:
„Das siehst du ganz verkehrt,
nur Ostern gibt es diesen Brauch,
da wachsen Eier im Hasenbauch,
die gibt's auch nicht ohne Geld,
wie alles auf dieser teuren Welt.
Und Ostereier werden versteckt
weil man damit uns Kinder neckt."

Die Ostereier würden bunt,
wenn der Hasenpopo wund.
Viele Märchen werden erzählt
und dazu Kurioses ausgewählt,
das heute Kinder nicht mehr glauben,
weil Computer die Illusionen rauben.
Lasst Ostern für Groß und Klein
wieder Fest der Geheimnisse sein!

Jetzt im Alter denke ich oft:
Wie hat als Kind man doch gehofft,
dass die Zeit möglichst schneller vergeht
wenn das Osterfest vor der Türe steht.
Nunmehr bin ich vielfach enttäuscht,
weil ich für mich kein Feste mehr bräucht',
ich muss mir jedoch heute eingestehen:
Wie schön, die Vorfreuden der Enkel zu sehen.

Der Glaube an Vorzeichen

Extremer Aberglauben
wollt´ mir oft die Ruhe rauben.
13 und sieben waren die Zahlen,
die brachten mir Glück oder Qualen.

.

Geheimnisvolle Vorzeichen
ließen mich oft erbleichen
oder froh und glücklich sein,
traf dazu das Günstige ein.

Im Sternzeichen Löwe geboren
sei ich zum Herrschen auserkoren
vernahm ich stets von Kindheit an
und glaubte schließlich auch daran.

Einmal wurde mir das zum Verhängnis.
Ein Hund brachte mich in Bedrängnis.
Er wachte allein in einem Bauernhaus,
ließ mich herein und nicht mehr hinaus.

Wegen termingebundener Feldarbeit
war man einst zu Kompromissen bereit,
der Tierarzt durfte allein tätig werden
im Stall bei Kühen, Schweinen und Pferden.

Ich dachte, als ich meine Arbeit gemacht:
„Du bist Löwe und es wär ´ doch gelacht
könntest du keine passende Methode finden
um des Wachhundes Angriff zu überwinden."

Doch die Lehre aus diesem Gedicht:
Selbst Löwengebaren half mir nicht,
ich musste warten bis der Herr nach hause kam
und seinen Hund dann an die Leine nahm.

Am Gehöft wo all dies geschah,
ich erst dann die Hausnummer 13 sah.
Zieh ich aus 80jährigen Erfahrungen das Resümee
rate ich: Sagt dem Aberglauben lieber passee.

Diagnose Demenz

„Uroma, die Mama hat gesagt
dass dich eine Krankheit plagt.
Sie hat dabei sogar geweint,
was hat sie denn damit gemeint?"

„Mein Denken ist nicht mehr geschwind,
wobei ich oft nicht die richtigen Worte find,
auch mach ich häufig dumme Sachen
worüber andere dann meist lachen.

Demenz ist der Name dieser Krankheit,
die immer schlimmer wird mit der Zeit.
Ich könnte vielleicht sogar darüber scherzen,
das Leiden macht keine körperlichen Schmerzen.

Noch kann ich normal mit dir schwätzen,
mich unterhalten in richtigen Sätzen,
doch demnächst kommt auf uns alle zu,
dass ich nur noch Unsinniges rede und tu.

Doch stellen sich auch Momente ein
in denen ich ganz normal erschein.
Haltet für diese meist kurze Zeit
eure Fragen und Probleme bereit.

Trotzdem bleibt die Ungewissheit dann,
ob ich alles richtig beantworten kann.
Legt deshalb, was ich auch immer sage,
nicht auf die sprichwörtlich goldene Waage.

Gegenwärtig gefällt mir schon
der von euch praktizierte Umgangston.
Ihr lasst mich nicht ständig spüren,
ich würde bald den Verstand verlieren.

Geht weiterhin so lustig und heiter mit mir um,
nehmt meine Schrullen bitte nicht krumm.
Ihr solltet nicht auf die anderen Leute hören
die sich an eurem Lachen über mich stören."

Ein Hund „denkt" sich seinen Teil

Der Frage: Können Tiere denken?
Menschen oft Interesse schenken.
Der Besitzer von einem Hund
tat deshalb lautstark kund:
„Mein Bello kann mich verstehen,
er braucht mich stets nur anzusehen
und begreift gleich meine Gedanken,
ob sie sich um Gutes oder Böses ranken."

Der friedliche Nachbar dazu sagt:
„Dies ist aber allzeit sehr gewagt,
wenn Sie wortlos schlecht mich machen
kann dann dies das kluge Tier anfachen,
mich anzugreifen und zu beißen,
obwohl Sie es ihm gar nicht heißen.
Da wünsch ich mir doch eher schon
einen Befehl in einem richt'gen Ton."

Der Tierbesitzer ist empört
als er diese Unterstellung hört:
„Ich würde es doch niemals wagen
und über Sie was Schlechtes sagen,
das Tier und ich wollen alles geben
für ein friedliches Zusammenleben,
doch es würde erkennen in Ihrem Gesicht,
dieser Mann, der mag mein Herrchen nicht."

Daraus entwickelt sich ein Streit.
Keiner der Beiden ist jedoch bereit
ehrlich und offen zu bekennen,
dass sie sich versteckt auch nennen:
Bös, unanständig, arglistig, feindlich,
das wird im Streit erst augenscheinlich.
Bello steht daneben ohne Reaktion.
Er denkt vielleicht: „Das kenn ich schon!"

Zur Geschichte stellt sich die Frage heute:
„Waren die Nachbarn junge oder alte Leute?"
Ich weiß, sie waren eher schon betagt,
denn bei ihnen haben die Nerven versagt.
Oder sie erinnerten sich an ihre Jugendzeit,
in der sie nie auswichen einen Streit.

Ein wahrer Schildbürgerstreich

Es gibt viele Schildbürgerstreiche, die auch häufig erfundene Geschichten sind. Im Gedicht wird ein wirklich geschehener Schildbürgerstreich dargestellt über den ich mich jetzt im Alter köstlich amüsieren kann.

Jetzt, Leute, erfahrt ihr gleich
einen neuen Schildbürgerstreich,
der uns die Folgen offenbart
wenn man an falscher Stelle spart.

In einer kleinen Gemeinde
der Bürgermeister ehrgeizig meinte:
„Für unsere freiwillige Feuerwehr
muss ein neues Gerätehaus her.

Wohnung für den Feuerwehrboss
richten wir ein im Obergeschoss,
damit garantieren wir für alle Zeit
dessen ständige Erreichbarkeit."

Zur pompösen Einweihungsfeier
lüftete sich ein großer Schleier,
der Gemeinderat musste offenbaren,
dass Baufehler entstanden waren.

Das schnell gebaute Haus
sah von außen ganz proper aus,
niemand konnte aber drinnen sehen:
Wo konnte man in die 1. Etage gehen?

Auszuufern begannen die Kosten,
man strich einige wichtige Posten;
der Bau der Treppe nach oben
wurde deshalb auf später verschoben.

Es nutzte also nichts weiter,
die unbequeme Feuerwehrleiter
diente fortan wochenlang
als Ersatz für den Treppenaufgang.

Fuchs hat keine Gans gestohlen
(Kinderlied: Fuchs du hast die Gans gestohlen…)

Der Fuchs lief in den Gänsestall,
die Tür fiel zu mit einem Knall,
er saß gefangen nun mit seiner Speise
und die verhielt sich gar nicht leise.

Der Bauer öffnet die Tür nur einen Schlitz
und der Fuchs saust fort wie ein Blitz,
er denkt in seiner großen Not:
Lieber eine Minute feige als immer tot.

Tierschützern fällt ein Stein vom Herzen,
es sind keine Tieropfer zu verschmerzen.
Der Dieb bleibt hungrig und schmachtet,
der Bauer aber die Gänse später schlachtet.

Weil Tierschützer zu einseitiger Sicht oft neigen,
wollte ich reale Widersprüche zeigen.
Ich habe im Alter deshalb nachgedacht
und aus dem Kinderlied etwas anderes gemacht.

Gedanken zum Leben

Denke ich an meine Vergangenheit zurück,
erinnere ich mich an Pech und auch viel Glück.
In der Gegenwart stecke ich mir, wie Viele,
reale und auch wünschenswerte Ziele.
Ich will für die Zukunft gerüstet sein,
versuchen auszuweichen aller Pein.

Bewusstes, gründliches Analysieren
unterscheidet uns von den Tieren.
Trauern, sich auch freuen und erbauen
dabei hoffnungsvoll nach vorne schauen;
bist du dazu immer bedingungslos bereit,
gewinnst du eine echte Zufriedenheit.

Was ich bisher als das Wichtigste fand?
Gesundheit, Harmonie im Familienverband!
Das ist für viele Menschen auf der Welt
bedeutsamer und wertvoller als Geld.
Unersetzbar ist aber immer das Leben,
es wird jedem Wesen nur einmal gegeben.

Diese Kostbarkeit zu achten, zu schützen,
wird dir und allen Menschen nützen

Macht, dieser Droge, sollte man entsagen

Einflussreiche Männer klagen:
„Wir haben im Alter nichts mehr zu sagen."
Darum ist jeder darauf bedacht
möglichst lange zu erhalten seine Macht.

Frauen sind hierbei noch in der Minderheit
doch sehr bald wird kommen die Zeit
in der das weibliche Geschlecht, bestimmt,
öffentlich immer mehr Macht übernimmt.

Vielleicht wird dann tatsächlich wahr
was unpopulär in der Vergangenheit war:
Männer und Frauen erreichen nur viel
bei einem ausgewogenem Kräftespiel.

Es ist bekannt und auch ungelogen,
Macht gehört zu den gefährlichen Drogen
und nur die Menschen sind wirklich klug,
die rechtzeitig beginnen mit einem Entzug.

Das Überlegenheitsstreben beginnt
schon sehr früh bei fast jedem Kind,
dem später zu begegnen mit Toleranz
gelingt wenigen und nicht voll und ganz.

Besonders als sehr Alter spüre ich jetzt
und bin darüber selbst manchmal entsetzt,
dass ich neuerdings sehr häufig auch
unsinnig viel meine Ellenbogen gebrauch.

Mische dich nicht in die Kindererziehung ein

Als Kind, da half mir alles nicht,
verschmähen durfte ich kein Gericht,
musste allezeit den Teller leer essen,
anständig zu sein war nie zu vergessen;
drum bin ich als Uropa jetzt tolerant,
weil ich das damals nicht richtig fand,
die Kinder dürfen bei mir selbst auswählen,
brauchen sich kein Essen hinein zu quälen.

Die jungen Eltern, das merke ich sehr,
zwingen ihre Kinder zu gar nichts mehr.
Auch das finde ich nicht immer heilsam,
weil ich antiautoritäre Erziehung verdamm!
Ich habe im 80jährigen Leben erfahren:
Es ist gut, sinnvolle Disziplin zu wahren.
Als Urgroßvater mische ich mich nicht ein,
die Jungen sollen selbst verantwortlich sein.

Gedanklich würde ich oft anders handeln,
sehe aber ein, dass sich die Zeiten wandeln.

Müssen Alte den Rat der Jugend befolgen?

Wenn Senioren dann über 80 sind
behandelt man sie oftmals wie ein Kind.
Auch wir hören in unseren alten Tagen
sehr häufig unsere Kinder sagen:
„Klettert nicht mehr auf `ne Leiter,
meidet Gefahren, das ist gescheiter.
Nehmt einen Stock beim Gehen.
Hinfallen, das ist schnell geschehen.
Lasst euer eigenes Auto im Carport,
fahrt lieber sorglos mit der Taxe fort."

Sie verkünden auch ganz unverhohlen:
„Alte werden immer häufiger bestohlen.
Lasst Fremde nicht in die Wohnung rein
und euch nicht auf Haustürgeschäfte ein.
An richtiges Abschließen müsst ihr denken,
nicht blindlings anderen Vertrauen schenken.
Erinnert euch, was ihr uns als Kinder gesagt,
das gilt jetzt für euch, seit ihr so hoch betagt."
Ohne Zweifel meinen sie's auch gut
und zum Widerspruch fehlt uns der Mut.

Doch erinnere ich mich an die Zeit zurück
als Selbstständigkeit für uns ein Glück;
freilich müssen wir nun auch neidlos benennen,
dass die Jungen sich in Vielem besser auskennen,
das gilt bei unzähligen technischem Neuen,
vor dessen Bedienung wir uns oft auch scheuen.
Nur gut, wir behandelten unsere Kinder gerecht
sonst hätte sich das jetzt vermutlich gerächt,
denn spüren ließen sie es uns bisher selten,
wenn wir Alten etwas Dummes anstellten.

Redliches Miteinander der Generationen

Das Gesicht zeigt es meistens an,
ob man jemandem zugetan.
Arbeitest du leicht oder schwer,
das geben deine Hände her.
Man erkennt aber nur schwerlich
lügt einer oder ist er ehrlich.

Hautfalten reichen denen zu Ehren,
die sich nicht gegen Altwerden wehren.
Man kann nach einem natürlichen Leben
sein Alter mit Stolz bekannt auch geben.
Wer stets zu ehrlichem Bekennen bereit
erlangt dazu Glück und Zufriedenheit.

Alte wollen es häufig nicht fassen,
dass sich Junge nicht belehren lassen.
Die Jungen aber auch nicht bedenken:
Alte lassen sich nicht gern lenken.
Als aber Alte einst jung auch waren
gestehen sie ein ihr gleiches Gebaren.

Vergangenheit, die in Erinnerung bleibt

Wirst du nach und nach alt,
dann merkst du recht bald:
Die größte Gegensätzlichkeit
ist das Alter und die Jugendzeit;
doch werden Alte auch geschwind
oft wieder wie ein kleines Kind.
Außerdem beginnen sich die Gedanken
um die Vergangenheit zu ranken,
aus den vielen verflossenen Jahren
will man Erlebtes gern bewahren;
gut, dass das Gehirn so eingerichtet ist,
dass man Unangenehmes schnell vergisst.

Meist wird nur Freudiges ausgewählt
und darüber werden dann Geschichten erzählt,
um damit der Nachwelt zu offenbaren
wie schön einst die alten Zeiten waren,
als man das äußerst mühsam Ersparte
noch geheim im Sparstrumpf aufbewahrte;
mit dem Zug oder dem klapprigen Fahrrad
die erste Ausfahrt nach Auswärts antrat.
Als man erfuhr, dass es 2 Geschlechter gibt
war man dann bald auch schon verliebt.
Trotz Krieg waren Kinder meist unbeschwert,
doch sie begriffen später, sie hatten viel entbehrt.

Jung und Alt waren einstmals angetan
von bequemen Fahrten mit der Eisenbahn.
Teure Fahrpreise konnten sich die meisten
in der 1. bis 3. Klasse keinesfalls leisten,
sie fuhren, wie die große Masse,
oft nur in der billigeren 4. Klasse.
Kinder, Jugendliche, Männer und Frauen
konnten es sich aber keineswegs getrauen
ohne erworbene gültige Fahrausweise
aufzubrechen zu einer Bahnreise;
schon an der Sperre am Bahnsteigeingang
war der „Fahrkartenkontrollanfang".

Alle Kinder unter 4 Jahren
durften in der Bahn frei noch fahren.
4 und 5 waren Mädchen und Knabe,
ihnen erklärten die Eltern mit viel Gehabe:
„Fragt der Kontrolleur im Zuge hier,
seid ihr alle beide gerade mal Vier."
Der Schaffner zur Kontrolle erscheint
und der fürwitzige Junge altklug meint:
„Ich bin jetzt schon sehr lange 4 Jahre alt,
meine ältere Zwillingsschwester wird das bald."
Es kann also immer Ärger bereiten,
will man Kinder zum Lügen verleiten.

Früher jedermann auch wusste,
dass er eine Bahnsteigkarte lösen musste
sie war aber keinesfalls dafür gedacht
dass man damit auch Zugfahrten macht.
Wir Kinder wagten damit manchmal schon
eine Fahrt bis zur nächsten Bahnstation.
Es machte uns immer Spaß ohnegleichen
geschickt den Kontrolleuren auszuweichen;
bewusst fuhren wir immer hin und zurück
und beim Verstecken hatten wir meist Glück,
wir wurden zu dreist und deshalb erwischt,
im anderen Bahnhof galt unsere Karte nicht.

Mit 14 haben wir uns erwachsen gesehen
und wollten schon mit einem Mädchen „gehen";
denn so bezeichneten wir unser Verlangen
zu einer festeren Beziehung zu gelangen.
Die Annäherung begann meist mit Necken,
andere versetzten die Auserkorene in Schrecken
und man konnte anschließend tapfer bekunden:
„Bei mir hättest du immer Schutz gefunden."
Später man sich dann den Mut auch nahm,
es zu ersten Küssen mit dem Munde kam,
da sah man sich die Mädchen lange Zeit zieren
sie glaubten, ihre Unschuld zu verlieren.

Vergesslichkeit: Bürde des Alters oder Demenz?

Mit über 80 bin ich häufig verzagt,
weil mein Kurzzeitgedächtnis oft versagt.
Nicht selten denk ich dabei sogar daran:
Fängt bei mir nun etwa Demenz an?
Niemand braucht sich heute damit quälen,
man kann dem Arzt sein Leid erzählen.

Von vielen Jüngeren höre ich jedoch
auch sie haben oft ein Gedächtnisloch,
doch keiner gern zum Test dann geht,
man fürchtet die Diagnose: „Durchgedreht".
Anders sein ist bei uns noch stark verpönt,
denn man wird damit gar schnell verhöhnt.

Man soll das Kind beim Namen nennen
und Demenz als Krankheit anerkennen,
aber tapfer annehmen immer und allezeit
die ganz normale Altersvergesslichkeit;
zu dieser stelle ich mir entspannt nun vor:
Alles läuft immer viel besser mit Humor.

Ich beherzige in meinen alten Tagen:
Ich werde nur noch die Wahrheit sagen,
denn nach kurzer Zeit weiß oft ich nicht,
wem hab ich vielleicht Lügen aufgetischt?
Mit Ehrlichkeit brauch ich bei allen Sachen
mir dann viel weniger Gedanken machen.

Kinder und Enkel besuchen uns gern;
ich erwähne frühere Zeiten, die für sie so fern.
Sie sagen: „Opa, du kannst wunderbar erzählen,
wir würden aber gern Gegenwärtiges wählen."
Da denk ich an mein eigenes Jugendverhalten
als auch ich Oma und Opa für antiquiert gehalten.

Ich lächle, getrau mir aber nicht zu sagen,
dass mich besonders andere Probleme plagen.
Viel Zeit, - das ist mir gar nicht einerlei -
verbringe ich mit hektischer Sucherei.
Man findet alles, aber ich werde geneckt:
Ich hätte bestimmt wieder was versteckt.

Betrübt war ich gar oft auch schon
über diese sehr bekannte Situation:
Man kennt die Person, die vor einem steht,
doch der richtige Name ist wie weggeweht.
Da helfe ich mir jetzt immer lustig und profan,
ich spreche sie mit „Herr/ Frau Unbekannt" an.

Last zum Schluss mich nun resümieren:
Wenn wir zum Teil das Gedächtnis verlieren,
so bleibt unser Leben trotz allem gut
mit einer richtigen Portion Lebensmut.
Stellen sich keine weiteren Krankheiten ein,
sollten wir trotzdem dann recht zufrieden sein.

Was wir von Affen lernen könnten

Wären wir Affen geblieben
hätte niemand aufgeschrieben,
welchen Streit wir mit unserer Macht
bisher auf die schöne Erde gebracht.

Deshalb können wir jetzt lesen:
Was ist, wäre wann, wo, wie gewesen?
Und uns öfter gegenseitig anschreien
als ob wir noch immer Wilde seien.

Das fängt bei Sportwettkämpfen an,
hier soll jeder zeigen was er kann,
doch was ist das Ende der Geschichte?
Gefälscht sind manchmal die Berichte!

Halten wir uns den Spiegel vors Gesicht,
denn sonst begreifen wir es nicht,
die Affen bezeichnen wir als dumm
doch sie gehen besser miteinander um.

Wir töten uns gegenseitig in Kriegen,
sonnen uns in fragwürdigen Siegen,
könnten aber selbst von Affen auch erfahren,
besser ist's friedlich miteinander zu verfahren.

Im Zoo machen wir uns lustig über Affen,
versäumen nicht, überheblich zu gaffen,
wenn sie uns zeigen in ihrem Wesen:
Vielleicht seid ihr einst auch so gewesen?

Gäb's keine Affen mehr in Zirkus und Zoo,
dann wäre ich darüber besonders froh,
sie dort zu quälen ist eine große Schande,
sie sind und bleiben unsere Verwandte.

Mein humorvolles Altern wird getrübt
so lange es dieses Tierleid noch gibt.

Wenn du musst, dann musst du

Öffentliche Toiletten
können uns vorm Notfall retten;
kurzer Weg zu diesem Ort
weht schnell unsere Ängste fort.
Treffen wir dort mit Schrecken
auf schmutzige Toilettenbecken
kann schnell auch aus Versehen
alles peinlich in die Hose gehen.

Als vor vielen, vielen Jahren
die Kommunen reich noch waren
sorgten sie auch mit viel Geld
für Angenehmes in dieser Welt.
Genügend gute Einrichtungen
für der Notdurft Verrichtungen
konnte man finden allerorts,
sie hießen teilweise noch Aborts.

Nun begann eine neue Zeit,
man spart jetzt weit und breit
und in einigen großen Städten
beginnt das Sparen bei Toiletten.
Man sagt einfach den Touristen
wenn sie dringend einmal müssten,
sollten sie sich absolut nicht zieren
und in die Gaststätten hinein spazieren.

Zynisch könnten wir nun auch fragen:
Müssen wir uns wieder in Büsche schlagen,
wenn Darm oder Blase uns quälen
und wir die Sekunden bis zum Örtchen zählen,
das man nicht mehr zu finden wusste?
Denn es war weg, weil man sparen musste.
Oh weh, wie sehen die Parks dann aus,
machen wir wieder Toiletten daraus!

Wissbegieriges, unartiges Stadtkind

Kühe auf der großen Weide,
die Städter haben ihre Freude.
Ein herrliches Spazierengehen,
pures Landleben ist zu sehen.

„Opa, sag´ mir sehr geschwind,
warum ist das eine große Rind
von den anderen Tieren abgesperrt?"
Fragt wissbegierig der kleine Gert.

„Das ist ein männliches Tier,
bei Rindern heißt es Bulle oder Stier,
das ist wie bei Katzen der Kater
und bei den Menschen der Vater.

Maßlos stellte sich Nachwuchs ein,
würde er immer bei den Kühen sein.
Deshalb muss er abgetrennt hier weiden
und diese Einsamkeit erleiden."

Mitleid entsteht bei dem Knaben;
auch Tiere sollten ihre Freiheit haben.
Er öffnet das Weidegatter beim Stier
und der ist flugs bei der Familie hier.

Opa, Vater, Mutter, Schwester rennen
aber sie müssen schnell erkennen:
Das Tier schnauft, verfolgt den Jungen,
dessen Befreiungstat misslungen.

Die Gedanken des Buben schwanken,
will sich der Stier bei ihm bedanken
oder ihn in die Flucht gar schlagen?
All das bleiben aber ungelöste Fragen.

Als wäre nichts, gar nichts, geschehen
bleibt der Bulle ganz plötzlich stehen;
trabt zurück an seinen alten Platz,
zu blöd schien ihm vermutlich diese Hatz.

Der Vater will nun den Jungen schlagen,
das kann er sich jedoch nicht wagen,
weil der Opa die Motive des Enkels versteht
und bei der Bestrafung dazwischen geht.

Zahnarztbesuche mal anders

Mir ist ganz mulmig und bange
mein Zahn, der schmerzt schon lange;
die Schmerzen aber immer vergehen,
will ich mutig zum Zahnarzt gehen,
weil sich alle meine Gedanken
um schmerzliche Erlebnisse ranken,
die mir von Kindesbeinen an
schlechte Zähne oft schon angetan.

Als Kind hatte ich `nen kranken Zahn
und der hat plötzlich weh getan.
Selbstverständlichstes auf Erden:
Der Übeltäter musste gezogen werden.
„Öffne richtig und weit deinen Mund",
tat mir der Zahnarzt freundlich kund,
den aber schloss ich schnell auch wieder,
biss kräftig auf des Arztes Fingerglieder.

Dieser Zahnarzt, der hieß Dieter
und ihn besuchte ich nie wieder.
Später sollte eine größere Zahnlücke
geschlossen werden mit `ner Brücke.
Ich weiß nicht mehr weshalb, warum?
Jedenfalls lockerte sich das Provisorium.
Ich verschluckte es samt goldner Krone;
das folgende Suchen war gar „nicht ohne"!

Ich will es durchaus ehrlich erwähnen:
„Von meinen einstmals 32 guten Zähnen
sind in meinem Alter jetzt geblieben
gerade mal noch letzte stolze sieben."
Wie ein Juwel pflege ich diese Stützen,
weil sie dem „Prothesenhalt" sehr nützen.
Beim Zahnersatz stell ich jedoch fest,
dass er mich tief in den Geldbeutel greifen lässt.

Sind dumm und schlau Gegensätze?

Langsam und schnell,
dunkel und hell,
verweilen und hetzen,
belegen und schätzen,
schwitzen und frieren,
gewinnen und verlieren,
sind hier in unserem Land
als Gegensätze gut bekannt.

Stimmt das ebenso genau
auch für dumm und schlau?
Dazu sag ich deutlich nein,
das kann keinesfalls so sein.
Das Leben oft demonstriert:
Häufig der Schlaue verliert,
wenn er Dummen vertraut
und auf eigene Klugheit baut.

Beispiele gibt es zuhauf.
Der Schlitzohrige hofft darauf,
mit einem verstecktem Gehabe
und seiner recht listigen Gabe
eigene Vorteile zu erringen,
Kluge in die Knie zu zwingen.
Stellt er sich dabei echt dumm
nimmt's ihm kaum jemand krumm.

Meint man, in unserer Welt
hätten nur Kluge viel Geld,
dann hat man sich hierbei geirrt
weil ein Dummer auch reich wird.
Skrupellose Gewinner sind meist
ausgefuchst, raffiniert und dreist;
denen es aber oft an Bildung fehlt,
wenn bei ihnen nur Mammon zählt.

Es zeugt von geringem Verstand,
werden Tiere dumm genannt.
Es ist schon immer so gewesen,
dass wir bei vielen Lebewesen
besondere Fähigkeiten erkannten,
die wir für uns auch nutzbar fanden.
Auch all unsere Mitgeschöpfe
haben auf ihre Art recht kluge Köpfe.

Zum Schluss nun aber wären
noch Grundsatzfragen zu klären:
Die Meinung ist zu verdammen:
Dumm und alt gehörten zusammen.
Das ist gegensätzlich ganz eindeutig
genau wie trübselig und freudig.
Alte sollten schlau darüber lachen,
wenn Junge sie zu Dummen machen.

Kurzgeschichten

Eisenbahnepisoden

Bereits in einer Veröffentlichung „Kindheitserlebnisse in den Jahren 1937 – 1945" (Eigenverlag) habe ich auch über Geschichten von der Eisenbahn während des Krieges berichtet. An diese Episoden muss ich jetzt im Alter oft denken, sie zeigen mir sehr deutlich, wie glücklich und zufrieden ich nunmehr im Alter sein kann, weil wir in unserem Lande 7 Jahrzehnte Frieden hatten.

Die Losung: „Räder müssen rollen für den Sieg" war während des Krieges auf großen Transparenten in Bahnhöfen und an Zügen zu lesen, nur ob der außergewöhnliche Transport, den ich in der Vorweihnacht 1943 erlebte, dieser Parole entsprach, bleibt zweifelhaft. Unser Jungvolk - Fähnlein 96 – erhielt den Befehl, dass sich an einem bestimmten Tag zu festgelegter Uhrzeit alle Pimpfe in der Nähe unserer Kleinstadt am Bahndamm der Strecke Weida - Mehltheuer aufzustellen haben. Zu diesem Termin fuhr der Sonderzug, der den Weihnachtsbaum für den Führer transportierte, vorbei. Pflichtgemäß standen wir, ca.70 zehn- bis vierzehnjährige Jungen, parat und grüßten mit erhobenem rechtem Arm die vorüber fahrende große Tanne. Die Lächerlichkeit dieser Zeremonie begriffen wir damals nicht, weil wahrscheinlich die Mehrzahl der Jugendlichen noch immer an den deutschen Sieg glaubte und Hitler bedingungslos verehrte. Die wenigen, die daran vielleicht zweifelten, trauten sich nicht, auszuscheren und standen im Übrigen vermutlich unter einer gewissen Massenpsychose.

Die genannte Bahnstrecke wurde im Krieg umfangreich für Militärtransporte genutzt. Wir Kinder bestaunten die Geschütze, Panzer und Armeefahrzeuge, die auf den Güterwagen verladen an die Front rollten. Den Soldaten, die in den offenen Türen der Waggons saßen, winkten wir zu und beneideten sie, weil sie so weit reisen konnten. Über den gefährlichen Zweck dieser Fahrten haben wir damals nicht nachgedacht.

Im Zusammenhang mit Eisenbahntransporten während des Krieges erinnere ich mich an ein Erlebnis Ende 1944 auf dem Bahnhof in Weimar. Ich fuhr als Schüler per Bahn nach Weimar zu einer Zusammenkunft. Wegen Fliegeralarm durfte unser Zug nicht in den Bahnhof einfahren und rollte auf ein Abstellgleis. In der Nähe standen Viehwaggons aus deren Luken ausgemergelte und verzerrte menschliche Gesichter schauten. Ich sah wie SS – Soldaten am Zug entlang liefen, die mit Stöcken gegen diese Köpfe schlugen und die Öffnungen schlossen. Wahrscheinlich sollten die Reisenden diese Menschen in den Waggons nicht sehen.

Das waren für mich grausige Bilder, die ich bis heute nicht vergessen kann. Mich empörte der Umgang mit diesen Menschen, denn in meinem Elternhaus gab es keine Prügelstrafe. Auch dieses Problem brachte mich als Kind immer wieder in Widersprüche, weil in der Schule die Lehrer bei der Benutzung des Rohrstockes nicht zimperlich waren. Ich fragte meinen Lehrer, was mit diesen Menschen, die man sogar mit Stöcken schlug, geschieht. Er sagte: „Das sind Gefangene, arbeitsscheues Gesindel, die in Lager zur Umerziehung gebracht werden." Von meinen Eltern erhielt ich auch nur ausweichende Antworten mit dem Hinweis, über die mich sehr bewegenden Erlebnisse mit niemand in der Öffentlichkeit zu reden.

Ein weiteres Vorkommnis blieb mir im Gedächtnis. Im Herbst1943 wartete ich gegen Abend gemeinsam mit meiner Mutter auf dem Bahnhof Weida - Altstadt auf unseren Zug zur Heimfahrt. Er hatte Verspätung, weil erst noch ein langer Militärtransport langsam durch die Bahnstation fuhr. Plötzlich hörten wir einen entsetzlichen Krach und sahen, wie mehrere Güterwaggons umstürzten. Wir waren hierüber besonders beunruhigt, denn wir wussten, dass mein Onkel dort an den Gleisen als Rottenführer Baumaßnahmen leitete. Es stellte sich heraus, dass beim Gleisbau eingesetzte Kriegsgefangene vor der Zugdurchfahrt Schrauben an den Schienen gelöst hatten, das führte zum Entgleisen mehrerer Wagen. Eine direkte Schuld an dem Unglück war dem Bruder meiner Mutter nicht nachzuweisen, trotzdem wurde er wegen Beihilfe zur Sabotage an die Ostfront in eine Strafkompanie versetzt. Wir vernahmen außerdem, dass beteiligte Gefangene sogar hingerichtet worden sein sollen.

Radio, Fernseher, Computer, Smartphon

Wenn ich heute die Berichte über „Elektronikmessen"
höre und Bilder davon sehe, denke ich unweigerlich
an Erlebnisse während meiner Kindheit in den 1930er
Jahren und welche Entwicklung diese Technik seither
nahm. Wir „Alten" verstehen die heutigen Kinder und
Jungendlichen nicht mehr, wenn sie sich über die neu-
en elektronischen Medien und Kommunikationstech-
niken unterhalten. Ab den 1990er Jahren habe ich be-
gonnen, mich intensiv mit Computer und Internet zu
beschäftigen und beherrsche nunmehr Grundbegriffe
der Anwendungsmöglichkeiten. Häufig muss ich aber
die Enkel fragen, wenn ich Probleme, besonders mit
neuer Hartware, nicht selbst lösen kann.
Mit all den Funktionen des Handys, ein solches Gerät
schaffte ich mir 1998 an, stehe ich noch bis heute
teilweise auf Kriegsfuß. Mir genügt es aber, damit
überall telefonieren zu können und telefonisch er-
reichbar zu sein. Für meine Handyanschaffung war
ein simples Ereignis ausschlaggebend. Wir wohnten
in Erfurt und ich hatte mit meinen Enkeln einen Aus-
flug nach Jena gemacht. Auf der Rückfahrt kamen wir
auf der Autobahn in einen großen Stau und befürchte-
ten eine sehr lange Wartezeit. Damit sich die daheim
gebliebene Oma keine Sorgen macht, wollte ich gern
Bescheid geben. Ein mitbetroffener wartender Auto-
fahrer telefonierte mit einem Handy. Als er fertig war,
bat ich ihn um Hilfe - selbstverständlich gegen Be-

zahlung - mit dem Mobiltelefon meine Angehörigen zu Hause zu benachrichtigen. Er lehnte mit der Begründung ab, es würde keine Notsituation vorliegen und er lässt grundsätzlich niemand mit seinem Handy telefonieren. Dies, unabhängig von Anderen zu werden und wenn bei alleinigen Spaziergängen etwas passieren sollte schnelle Hilfe herbeizuholen, waren für mich die wichtigsten Anlässe, schnellstens ein solches Gerät zu kaufen.

Dass heute das Handy zum kleinen Computer (Smartphone) entwickelt wurde, mit dem man nicht nur telefonieren sondern fotografieren und Videoaufnahmen machen, es als Navigationsgerät und vieles mehr benutzen kann, ist mir unbegreiflich. Meine Kinder sagen: „Das braucht man auch nicht begreifen, man muss nur alle diese Funktionen richtig anwenden können." Das widerstrebt meiner Grundauffassung und ich entsinne mich, dass in meiner Kindheit Radio und Telefon, aus dem man sehr weit entfernte Menschen sprechen hören konnte, eine große Sensation waren. Doch im Gymnasium begriffen wir, dass dies alles mit der Elektrik und Wellenlehre zusammenhängt, deren Grundprinzipien wir im Wesentlichen auch verstehen lernten. Um heute ins Wesen der Elektronik einzudringen muss man Spezialist sein. Wir konnten in unserem ersten Radio noch selbst kaputte Röhren oder Schalter auswechseln, bei den heutigen Geräten traut man sich nicht einmal, ohne Gefahr das Gehäuse zu öffnen oder gar „Inneres" zu reparieren.

So habe ich nunmehr als alter Mensch aufgehört, die moderne Technik begreifen zu wollen, weil ich sogar viele Schwierigkeiten mit der komplizierten Bedienung all der neuen Geräte habe. Meine Frau und ich sagen deshalb Kindern und Enkeln: „Schenkt uns bitte nichts mit mehr als 5 von einander abhängigen Bedienungsknöpfen, weil wir immer wieder vergessen, wann wir wo und wie richtig drücken müssen." Beim Einkauf von Geräten mit Elektronik müssen sie uns grundsätzlich beraten und in die Handhabung einweisen. Die Gebrauchsanweisungen sind häufig kompliziert abgefasst und von uns Laien nicht zu verstehen.

Wie war ich einst stolz, dass wir in meinem Heimatort in einer Umgebung von 6 Bauern- bzw. Einfamilienhäusern 1937 als einzige Familie ein Radio (Marke Nora) besaßen. Bei wichtigen politischen Nachrichten, besonders bei „Hitleransprachen", kamen die Nachbarn zu uns und in unserem Wohnzimmer mussten wir Kinder immer ganz still sein. Nur die Erwachsenen führten im Anschluss an die Sendungen heftige Debatten. „Schlimmer Krieg wird bald kommen" sind die Worte, die mir bis heute in Erinnerung geblieben sind. Als dann in den Folgejahren Unmengen billige „Volksempfänger" in den Handel kamen schafften sich fast alle Familien ein solches Radio an. Eine vortreffliche Methode für die Nationalsozialisten, um damit ihre Propaganda zu verbreiten.

Man sah dann überall zwischen den Gebäuden die gespannten Antennendrähte, in deren Mitte ein Draht befestigt war, der zum Wohnzimmerfenster führte. Ohne diese aufwändigen Antennen war damals der Empfang relativ schlecht. Der Begriff Antenne ist heute eher als „Senderbezeichnung" und kaum noch als technischer Gebrauchsgegenstand bekannt, weil Antennen in den Empfangsgeräten fast nicht mehr sichtbar sind.

Mein 10-Jähriger Urenkel fragte mich kürzlich: „Was habt ihr eigentlich früher gemacht, als es noch keine Fernseher und Computer gab?" Ich antwortete: „Noch richtig natürlich mit oft selbst gebastelten Spielsachen gespielt, auf der Straße und im Wald mit Kinderspielen („Fangen", „Fischer, wie tief ist das Wasser", „Räuber und Gendarm" und ähnliche) viel Spaß und Freude gehabt, gelesen und mit der Großmutter „Mensch ärgere dich nicht" gespielt. Eine große Sensation war für uns der Besuch von Kinovorführungen - anfangs einmal in der Woche im Tanzsaal, später - als wir 14 Jahre alt waren - in einem richtigen Kino. Seine Reaktion: „Oh, das war ja allerhand, trotzdem wart ihr arm dran."

Das konnte ich so nicht ganz stehen lassen und ich erzählte in schwärmerischer Erinnerung von unseren Kinobesuchen, die für uns damals durchaus ein „Fernsehersatz" waren: „Wir bekamen auch wenig Taschengeld – darüber beklagt ihr euch ja heute ebenso – und wir mussten den Kinobesuch selbst bezahlen.

So waren wir immer darauf bedacht Karten für die billigsten Plätze, die kosteten 50 Pfennige, zu bekommen. Im Kinosaal waren diese vorn von der Leinwand ab die Plätze der ersten 5 Stuhlreihen und immer zuerst ausverkauft. So gab es schon beim Anstellen um die Karten die ersten Rangeleien. Verständlicher Weise waren in der 5. Reihe dann die besten Plätze, wo man sich nicht allzu sehr beim Hochschauen auf die Leinwand den Hals verrenken musste. Wenn die Türen zum Einlass geöffnet wurden stürmten wir los, um die begehrten Plätze zu erobern. Dann durften wir spannende und auch lustige Filme sehen, die durch die damals bekannten Filmschauspieler Rühmann, Lingen, Moser und vielen anderen ebenso interessant waren wie die Revuefilme mit Marika Rökk und weiteren Filmgrößen. Wir fühlten uns oft in eine andere glitzernde erstrebenswerte Welt versetzt. Ich glaube, das würde euch heute nicht mehr ausreichen, ihr lasst euch leider von Themen wie Kampf, Mord, Autojagd und vielen Sensationen mit Verbrechen begeistern, die in vielen Fernsehfilmen im Vordergrund stehen. Vielleicht wäre ich als Kind auch davon angetan gewesen, bin aber froh, dass wir uns noch an harmlosen Dingen erfreuen konnten. Mit Begeisterung erzählten wir als Jugendliche damals den Witz: In einem Film beginnt an einem Badestrand eine hübsche junge Frau ihre Kleider auszuziehen; als sie gerade die Bluse abstreifen will fährt ein Zug vorbei, der die nächsten Handlungen verdeckt, bis man

sie wieder in einem Badeanzug sieht. Zwei junge Männer sehen sich immer und immer wieder diesen Film an und meinen: `Irgendwann muss dieser verflixte Zug doch auch mal Verspätung haben!´"
Ich merkte, mein Urenkel hatte nur höflicher Weise zugehört, denn er sagte: „Die meisten guten Filme kann man sich heute schon auf dem Tablet Computer, den wünsch ich mir, ansehen, da braucht man gar keinen Fernseher mehr. Man kann selbst ein von den Eltern verhängtes Fernsehverbot geschickt umgehen."

Zum guten Benehmen

Viele Autoren beschrieben in zahlreichen Romanen, Kurzgeschichten, Gedichten und Liedern die Kinderzeit, in der die meisten Menschen glückliche, unbekümmerte Erlebnisse hatten. Auch bei mir blieb das Schöne dieser Zeit, gegenüber sorgenbeschwerten Begebenheiten, nachhaltiger in Erinnerung.

Wenn man heute als alter Mensch an die eigene Kindheit zurück denkt, dann erkennt man als erste Besonderheit, dass wir Heranwachsenden vor 70 Jahren in vielem sehr naiv waren und handelten. Wir konnten uns auch an Dingen erfreuen und über Ereignisse lachen, die heute nicht einmal mehr zu einem Gesichtverziehen oder gar zum Schmunzeln veranlassen. Trotzdem wage ich es über simple Erlebnisse zu berichten, durch die vielleicht Ältere an eigenes Erleben erinnert werden.

Meine Eltern und Großeltern mütterlicherseits führten einen gemeinsamen Haushalt, ich erlebte damals nie Zwistigkeiten zwischen den Erwachsenen. Bestimmt gab es auch Meinungsverschiedenheiten, die aber grundsätzlich vor uns Kindern verborgen gehalten wurden. Meine Großmutter war bei meiner Erziehung die Bestimmende, was meine Eltern akzeptierten; sie legte außerordentlich großen Wert auf anständiges Benehmen.

Als Kind hasste ich deshalb die ständige Fragerei und die vielen Hinweise zum ordentlichen Benehmen und antwortet auch oft mit ja, selbst wenn es nicht stimmte:

- Hast du ein sauberes Taschentuch?
- Sind deine Schuhe ordentlich geputzt?
- Hast du dir die Hände gründlich gewaschen?
- Du hast deine gute Sonntagskleidung an, also sieh dich vor und mach dich nicht schmutzig!
- Wenn du Bekannte triffst dann grüße anständig und freundlich, vergiss dabei nicht, deine Mütze zu ziehen und antworte nur, wenn du angesprochen wirst!

Ich will es bei diesen Beispielen belassen, aber Geschichten hinzufügen, die mir als belehrende oder auch warnende Beispiele erzählt wurden.

Ein Junge kam zu einer Familie, die beim Kaffeetrinken am Tische saß. Er wurde aufgefordert, sich mit hin zu setzen und mit zu zulangen. Anständigerweise, das war ihn eingetrichtert worden, lehnte er ab, nahm aber trotzdem den angebotenen Platz im Hintergrund an. Auch das hätte er nicht tun sollen, meinte meine Großmutter: „Man geht sofort wieder, wenn gegessen wird". Aber es kommt noch schlimmer, der Junge schielte immer nach der wahrscheinlich schmackhaften Torte und konnte sich nach einiger Zeit nicht mehr zurück halten, er fragte: „Was hattet ihr gesagt als ich hereinkam?"

Man wird verstehen, dass mir Verwandten- oder Bekanntenbesuche eine Gräuel waren, zumal ich auch ein darauf bezogenes Gedicht von Julius Lohmeyer

(deutscher Schriftsteller 1834 bis 1903) lernen musste,
das ich heute noch auswendig kann.
Wie Heini gratulierte
Guten Morgen! - sollt ich sagen –
Und ein schönes Kompliment,
Und die Mutter ließ auch fragen,
Wie der Onkel sich befänd!
Und der Strauß wär aus dem Garten,
Wenn ihr etwa danach fragt,
An der Tür dann sollt ich warten,
Ob ihr mir auch etwas sagt.
Und hübsch grüßen sollt ich jeden
Und ganz still sein, wenn man spricht,
Und recht deutlich sollt ich reden;
Aber schreien sollt ich nicht.

Doch ich sollt mich auch nicht schämen;
Denn ich wär ja brav und fromm,
Nur vom Kopf das Mützerl nehmen,
Wenn ich in das Zimmer komm.
Wenn mir eins was geben wollte,
Sollt ich sagen: Danke schön!
Aber unaufhörlich sollte
Ich nicht nach der Torte sehn.
Und hübsch langsam sollt ich essen;
Stopfen wär hier gar nicht Brauch,
Und - bald hätt ich es vergessen -
Gratulieren sollt ich auch.

Später als Erwachsener amüsierte ich mich deshalb über folgende Geschichte zum Thema Kindermund, die mir deutlich offenbarte, welche Kuriositäten entstehen können, wenn die Kindererziehung so erfolgt, wie ich sie beispielsweise auch noch erlebte.

Klein - Heini geht mit den Eltern zur Oma zur Geburtstagsgratulation. Er musste vorher ein schönes Gedicht lernen, das er dann vortragen sollte. Als er vor der Großmutter stand hatte er alles vergessen und blieb stumm. Da wollte die Mutter helfen und sagte: „Trag doch ein Gedicht aus deinem schönen Tierbilderbuch vor, die kannst du doch auch fast alle auswendig." Diese Bemerkung sagte die Frau nicht ganz ohne Stolz; aber der Kleine holte sie schnell vom hohen Ross herunter, er trug vor: „Du armes Schwein du tust mir leid, du lebst ja nur noch kurze Zeit!"

Überaus dankbar bin ich meiner Großmutter, sie schaffte es, dass ich mein hitzköpfiges Wesen, das bei mir schon im Kindesalter erkennbar war, immer gut zügelte. Sie sagte: „Wenn du merkst, du wirst zornig, dann zähle erst bis zehn, bevor du weiter sprichst oder handelst. Zum anständigen Benehmen gehört Höflichkeit und Beherrschung". Diesen Rat beherzige ich bis heute und habe damit manches erfolgreich gemeistert, was mir als aufbrausender Mensch nicht gelungen wäre.

Ein weiterer Spruch meiner Oma begleitete mich durchs Leben: „Mit dem Hut in der Hand kommt man durch das ganze Land." Als Kind fragte ich dazu:

„Wenn also Männer den Hut hinhalten und damit Geld einsammeln, können sie dann viel und überall hin reisen?" Diese Auffassung korrigierte meine Großmutter sehr schnell und machte mir klar, dass es die Höflichkeit verlangt, beim Grüßen und in Räumen die Kopfbedeckung abzunehmen. Außerdem, so meinte sie, stehen allen, die sich gut benehmen können, immer und überall alle Türen offen. Daran denke ich heute sehr oft, wenn ich die Jungen sehe, denen scheinbar die Mützen an den Kopf fest angewachsen sind.